岁月像一头贪食的野兽

[法] 保罗–让·图莱 著
冷杉 吴菲 译

L'heure comme une bête implacable et gloutonne

Paul-Jean Toulet

GUANGXI NORMAL UNIVERSITY PRESS
广西师范大学出版社
·桂林·

岁月像一头贪食的野兽

SUIYUE XIANG YI TOU TANSHI DE YESHOU

图书在版编目（CIP）数据

岁月像一头贪食的野兽 / （法）保罗-让·图莱著 ；冷杉，吴菲译. -- 桂林 ：广西师范大学出版社，2025. 7. -- （纯粹译丛）. -- ISBN 978-7-5598-8279-0

Ⅰ. I565.25

中国国家版本馆 CIP 数据核字第 2025P459C8 号

广西师范大学出版社出版发行

广西桂林市五里店路 9 号　　邮政编码：541004

网址：http://www.bbtpress.com

出版人：黄轩庄

全国新华书店经销

北京博海升彩色印刷有限公司印刷

北京市通州区中关村科技园区通州园金桥科技产业基地环宇路 6 号　　邮政编码：100076

开本：787 mm × 1 092 mm　1/32

印张：7.375　　字数：43 千

2025 年 7 月第 1 版　　2025 年 7 月第 1 次印刷

定价：42.00 元

前言

保罗-让·图莱（Paul-Jean Toulet，1867—1920）是一位法国抒情主义作家和诗人，常常与象征主义文学运动联系在一起。

他的卓越才华与他的低调名声不符，20 世纪末以来，关于图莱的研究又陆陆续续在法国开展，就连法兰西学院也曾在 1983 年 12 月 15 日的年度公开会议上为图莱正名："（图莱）和纪尧姆·阿波利奈尔一样，是本世纪初法国抒情主义最伟大的代表。"（le plus grand représentant，avec Guillaume Apollinaire，du lyrisme français au début de notre siècle.）

他出生在法国波城的一个富裕家庭，年幼丧母，与姐姐一起被寄养在亲戚家。上中学的时候，图莱因违反学校纪律被开除。他 18 岁漂洋过海，去毛里求斯投奔父亲，后赴阿尔及利亚求学并居住了一年。1898 年图莱回到巴黎过着放荡不羁的贵公子生活，但因其与生俱来地对自己的家乡贝尔纳特和巴斯克地区有着深厚的感情，他随后选择回到盖塔里并在 8 年后长眠于此地。

图莱自幼体弱多病、多愁善感，酷爱文学。他去过许多国家：毛里求斯、阿尔及利亚、法国、西班牙、中国和印度等。他丰富多彩的异域生活和感情经历赋予了他独有的浪漫神秘和瑰丽绝伦的诗歌风格。他还以旅行过的亚洲国家为背景写过诗歌，例如本诗集收录的《纪念伟大的印度》和《中国的神圣香水》。

他最著名的两部作品，是在他去世六个月后，即 1921 年 2 月份出版的诗集《反韵集》(*Contrerimes*)，和另一部于 1936 年出版的诗集《未发表诗句》(*Vers inédits*)。

图莱的诗歌以其独特的风格和迷人的幻想而著称，但在这些外表之下却隐藏着深刻的沉重和常常令人心碎的苦涩情感。

表面上看，图莱似乎是一个生活放荡、感情豁达的花花公子，但通过他的诗歌，读者可以发现他惊人的情感深度和极致的敏感性。他的诗歌精致绝伦，用词典雅，字里行间流露出的感性和脆弱令人着迷。他的诗歌主题涵盖爱情、女性、异域海岛、鸦片、大海和阳光等。图莱以其精湛而感性的表达方式，以及对生命、爱情和人类情感的独特洞察力而享有盛誉。海岸和女性是图莱最常吟咏的对象，比如下面这首带有诗人独特哀愁和缠绵情感的诗歌：

柔软海岸的画面

柔软的海岸，其画面
像一只臂弯，
云雾缭绕的小山
似乳房半遮半掩，

小鸟在海榄树枝头歌唱——
明天，假如我死，
您也将不复如斯，

如果我的手没定格你的形象。

图莱创造了一种独特的诗歌形式，即反韵（contrerime），这可以被看作是自由诗歌和固定形式诗歌之间的一种中间体裁。在这个形式中，十四行诗被分成两个四行诗和两个三行诗的节，总共有四个韵脚。另外，叙事诗（18世纪以来的一种叙述性短诗）和回旋诗（一种形式固定的抒情诗，通常与音乐配合）也有它们各自的详细规则。

尽管图莱的反韵形式很少被人模仿，但这种诗歌形式并没有过时。它包括数量不等的四行诗，通常是两到三个，每个小节通常由八个和六个音节的诗句组成，有时也可能是由十二个或十个音节的诗句组成。在韵脚方面，抱韵[1]（rime embrassée）是最常见的，正如图莱所说，这是一种“反长”（à contre-longueur），即短诗与长诗相配。

---

1 一首四句的诗，一、四句押一韵，二、三句另押一韵，后者环抱于前者之中，又叫作“首尾韵”或“环抱韵”（ABBA）。

1912年开始，图莱被誉为奇幻学派诗人之首。这一流派强调创造性的想象力，挑战传统的戏剧和文学规则，并自称拒绝浪漫主义、象征主义、自然主义和实证主义。与19世纪主要文学潮流相对，奇幻学派强调幻想和回归滑稽。他们采用灵活的诗歌形式，强调韵律和歌曲，试图在感性、幽默和忧郁之间找到平衡。与象征主义者和颓废主义者的晦涩和悲观不同，奇幻学派对日常生活、口语用语和意外事件感兴趣，并在诗歌创作中保持了很大的自由度，同时关注祖国和民族主题。

奇幻学派在20世纪初并没有为诗歌领域带来革命性的变化，但却为战前时期，直到1918年左右的文学复兴做出了贡献。由于他们对传统的依恋和对某种民族“天才”的崇敬（这里指的是法国滑稽剧、弗朗索瓦·维庸等），他们与新古典主义诗人很接近，因此受到亨利·克劳阿尔（Henri Clouard）和亨利·马蒂诺（Henri Martineau）等亲近法国运动的评论家的赞赏。奇幻学派为超现实主义等更现代主义的诗歌运动奠定了基础，同时也预告了雅克·普莱维尔（Jacques Prévert）、雷蒙德·格诺（Raymond Queneau）或鲍里斯·维昂（Boris Vian）等人作品的出现。

除了诗歌之外，保罗-让·图莱还写了一些小说，其中包括《公共人物杜波尔先生》（*Monsieur du Paur*）。在他的散文作品中，例如《我的朋友娜恩》和《绿衣少女》，我们也可以从中找到与他的诗歌中相同的讽刺和温馨并存的笔调。

保罗-让·图莱在20世纪初的法国文坛中留下了深远的影响，他的作品在法国文学中占有一席之地，被认为是象征主义运动中的杰出代表之一，尽管他的作品可能在当时没有被广泛认可。如今，他在20世纪以及21世纪的法国文学中的地位正在被重新发现和重新评估。

目录

第一辑 《反韵集》全集

第二辑

《杂诗集》

第一辑

《反韵集》全集

四月芬芳

四月的芬芳向我们昭告
复苏与新生的欢乐；
你自我的欲望中窥得
神秘的身影一道。

啊，爱神木认蝴蝶为媒，
蝴蝶花献给苔丝狄蒙娜：
为了我，一朵粉色的银莲花
绽开她幽深的花蕊。

壁炉映红着你

冬日的炉火映红着你
如一抹绯红的云虹
你的玉肤香胴
已然将你勾勒为人体；

不是你的一个旧时身影
依旧俘获我的心，
那薄雾披纱的岛屿，花荫，
那大洋洲的夜景；

也不是你的香水，香紫罗兰，
——它在你手上使你娇媚——
这些都故不过那朵怒燃的玫瑰，
连正午的骄阳也为她膝弯。

伊里斯[1]，带着她的七彩手帕[2]

伊里斯，带着她的七彩手帕，
如七朵火花，照亮
姗姗而来的柔雨姑娘，
和谐地落下。

啊，绵绵细雨，

---

1 伊里斯（Iris）是古希腊神话中的彩虹女神和众神使者。作为众神和人类之间的信使，她肩负着传递神圣信息的职责，象征着诚实和信任。在艺术作品中，伊里斯常手持一把名为“哈里帕克索斯”的金质短剑、一只水罐或一把象征信使的神杖。彩虹通常在雨后出现，因此被认为是神话中神灵与人类之间的交流媒介。伊里斯作为众神的信使，通过彩虹的形象展现了神秘而美丽的意象，她的存在强调了神话世界中的神圣联系和沟通渠道。值得一提的是，“iris”一词也有鸢尾花之意，这个词源自女神伊里斯，为她增添了更多的象征和意义。

2 彩虹女神伊里斯常被描绘为身着薄纱，在阳光下呈现七彩光芒的女性形象。

像摆动的裙子一样
落在夏日的玫瑰之上，
遮挡我目睹她们干枯的美丽。

还有您，您的欢笑
向我藏尽了警觉不安，
愿我最终能见
泪水涌上您的眼角。

命定于我的玫瑰

命定于我的玫瑰
经他人之手选择，
待明日第一抹曙色，
她们便枯萎。

一朵朵，伴时钟一轮轮，
谢于铜质花盆中，
花萼轻响释放
玫瑰香味以花魂。

几多香气交融，啊姑娘，
透过你们的嬉戏，
我听到丧钟低喊，
是我逝去的青春在回荡。

在荒芜的大床上

在荒芜的大床上
我在她身旁睁开眼；
我轻触她：一个不忠的梦
正在我身畔亲吻她。

银光锋利而幽微，
将屋顶裁成新月状。
远远地，深巷石子路上
传来水车木桶吱呀声碎……

天下着雨

天下着雨。似群星不闪，
流着伤心的泪水。
你突似一把剑，在夜幕低垂，
跳出床的帷幔。
——午夜了！我还能发现一辆车，
在这更深夜半，更糟的是，
这是我丈夫，他会怎么说，
回来得可真早呀。

——怎么办，如果他见您没穿衣服，
您，半赤身露体？
——请您别对他怜惜。
——为什么？……且让咱们加倍投入。

微生物：肉毒杆菌

微生物：肉毒杆菌，
在运动的过程中，
被发现于香肠中，
由一个经验丰富的德国人[1]。

我愿做同样大的发现，
弗洛丽丝，您就是我的大发现
在您身上，在茂密的树林，
当您睡在浓郁的绿荫；

甚至丘比特，维纳斯的小夫君，

---

1 原文中，“Un alboche en us”是法语俚语，很口语化，原文中的“alboche”是指德国人（带有侮辱性），而“en us”则表示“使用过的”或“经验丰富的”。因此，这个短语可以被解释为“一个经验丰富的德国人”，但请注意，这里可能具有某种贬义。

都从您身上偷走了弓箭，

它比这种微生物更危险，

比这种名叫肉毒的杆菌。

在静谧的秋

在静谧的秋，
慵懒与柔滑的一天，
我闭着眼，听你咏叹，
近旁单调的啁啾。

你那灵巧手指弹出的音阶，
如我表妹们过去奏响的旋律，
当她们还没长成大女：
大、小姑娘触键的区别。

冲向黑色的屋顶，
击打的铁器发声，
金和银色的群蜂
迎来节庆的黎明。

哦，大海，我感到你的战栗

（夜曲）

哦，大海，我感到你的战栗
横亘浩渺的夜空，
若恋爱女子的胸，
如缎，无眠，伏伏起起；

沉重的风，劲吹峭壁的海岸……
什么！如果塞壬嘲讽的歌
响起在我的心窝……
噢，这心，充满神性的不安。

唉，泪越多，越没人
示我同情，能向其倾诉……
如血流自胸腹，
他低泣，泪如潮汐滚滚。

我们编织的地毯

（Fô 说过：）

“我们编织的地毯
像裹尸布里的蛆虫
人们只看到它背面这一重：
人的命运多舛。

“别的眼看它也许不同，
它们看到它铺开的另一面：
梦幻，鲜花，快乐无边，
美好的画面是它的另一重。”

正如 Fô，忽而被劣酒灌洗，
忽而在他的诗里沉湎，
他浑浑噩噩行走于两种命运之间，
像穿梭于两个风尘的女子。

在仿皮漆布长椅上

（在发生战争很久以前。）

在一段走廊里，一片暗黑，
坐在仿皮漆布长椅上，
聆听奥芬巴赫[1]的音乐声响，
一位穿白衣的女丑角缓缓入睡。

……跃过两位先生之间，
没有牵扯任何裤子，
她裙下的两个宝子
由其他天空授孕在先。

晚餐后……出去……鲍比夸夸其谈……

---

1 雅克·奥芬巴赫（Jacques Offenbach，1819—1880），德裔法国作曲家。

在你遮遮掩掩的目光中，

福斯蒂娜，在一个翠绿的清晨谈笑风生

……爱情，神圣的开端。

冬天敲击窗玻璃

冬天敲击窗玻璃和屋顶。
屋里却气候舒适温暖，
除了这琥珀的臭味和欢情的汗。
你似翻云覆雨翻山越岭。

绯红荡漾于你的脸颊，
炉火旁的你绽开笑靥
今晚你将向我告别，
夜会抹去你的云霞……

中国的王子

A）

三位王子福、禄和友，
中国的荣耀，正在旅行。
前面两人乘车行，
坐小船的是友。

他要去见一个金发的德国美人儿，
“我爱你。”她对他说。
——她是法国人！友肯定地说。
但他搞错了，这皇室的黄口小儿。

如果你知道法国女人是什么，友，
她是温柔的，手是柔软的，
声音是温柔悦耳的：
热情似火……铁石心肠的小石头。

B）

福殿下在这世间只喜欢
古代的知识，
《辩论报》的政治，
以及他的祖先。

他是在满洲骑士的毡帽下
出生的，
他的妻子备受冷落：
上帝惩罚中立者吧！

福殿下，一个糟糕的丈夫，
他不停地胡思乱想。
为了公主，莫想这么多：
和她生几个小小福。

C）

在紫色和金色的葡萄藤下，

在香气四溢的阴影中，
沉醉于梦境和烟雾中，
禄王子睡着啦。

鸦片却模糊了他身旁
巴图尔的倩影，
他梦见了她，当她年轻，
那美丽夺目的脸庞。

禄，洁白的牙齿如玉，
就这样气绝。
巴图尔，蜷缩在她的拖鞋，
思考着他的白色葬礼。

布谷鸟在沉睡的林中歌唱

布谷鸟在沉睡的林中歌唱，
曙光残红未消，
孔雀与蓝蝴蝶花辉映相照，
向远处抛去它金色的嗓。

我表妹的白鸽像孩子一样
咕咕地哭。
吐绶鸡哈哈大笑被查处：
英勇就义赴厨房。

纪念伟大的印度

纪念伟大的印度土地，
一派和谐的景象，
草地和谐地散养
一只孔雀和四只火鸡。

而人们会以为，所有这些声响，
咯咯的笑声，嘎吱作响的声源，
来自某个邦的显赫官员，
被根植该邦的激进分子捆绑。

香榭丽舍豪华旅馆的人行道

香榭丽舍豪华旅馆的人行道
丝绒般的夜空
我们在此心那么沉重
肉体疲惫地垮掉；

高贵的华顶，圆拱的星际，
倾轧我们破碎的灵魂，
香榭丽舍大街上的出租车群，
请您见证；还有你，

地下酒吧间醇厚的气味
似在恭维我们的分手——
她的眼里晶莹碧透：
她有毒的泪。

一道闪电从漆黑闪过

一道闪电从漆黑闪过，
顿时人似乎不再孤独。
蓦地，从同一张裹尸布，
两个人相看不陌。

海潮轻啸告别的声，
迪纳尔在近旁经营他的店……
别哭泣，多么似曾见：
爱只是众神的一场梦。

又一个伊莎贝拉的可怜老头

又一个伊莎贝拉的可怜老头，
你在忙什么
用最后一点道德
来管束你叛逆的女儿？

她这个背德女嘲笑你，
然后又把你恭维。
甚至羞辱你，用她的嘴。
来吧，让我们回到自己的屋里。

是时候撒手爱情了，可怜老头，
以及那张被激怒的弓。
爱情和大海不会犯冲，
在夏末的时候。

森林里和海岸边的瑟西[1]

（孩子的梦）

森林与海边的瑟西
我似乎重又见到
记得饮过此地的阴凉和饮料；
忧郁扰人的手鼓在星光下低泣。

正午永恒的火笼
悬挂在我们的船帆上空；
孩子的梦，
下雪的声；

1 原文“Circie”，瑟西，又译作色琦、瑟茜或喀耳刻，是希腊神话中住在艾尤岛的一位令人畏惧的女巫。她是太阳神赫利俄斯之女，以魔法和巫术而闻名，她特别擅长使用魔药并把反抗她的人变成怪物。

还有您，四堵墙壁，

那里夜与我少年的烦恼

一起如浪滔滔……

中学，黑色的把戏。

是我这样哭泣吗?

（苦涩）

是我这样哭泣吗?
——还是我们抓住的牛犊——
听着你远去的脚步,
美人啊，我珍爱的牵挂?
（我忧虑，气鼓鼓的,
她走了，——没留下话一句）
这些眼泪，亲爱的，有亚得里亚海域
波浪的蕴意。
对，对：但当我又拿起信在手中,
您说话带着尖叫,
上帝啊！也许我这样做更好——
写信给她的老公。

妈妈！……

第一次

“妈妈！……我宁愿死。”
她张开饱满的嗓子。
“这只是您的第一次，
女士，且是最美好的一次。”

她抬起天真的臂弯，这孩子，
重新拉上吊带。
“不，这只是一场梦。”她耍赖。
“哈！可是您刚才光着身子……”

布洛涅森林

布洛涅，你我在哪儿吵过一架
冒着一个夏晚的热雨
踩着泥泞，你把脚高高踮起，
也把我俩的心践踏。

夜降临；也不回到我的住处，
你的怒火更旺，
啊！感觉你裹着衬衣的裸乳发烫，
我的欲火喷突！

没别人，至少我觉得我俩单独；
可你仍喋喋低语不休。
就这样爱情诞生于战斗：
战神玛尔斯是爱情之父。

闪闪发光的红花、朱砂

闪闪发光的红花、朱砂，
氧化铁红，雌黄，
我尝过您的装饰品
在卡坦布拉河畔；
雌黄，其丝般的光泽
阳光反射在他身上；
氧化铁红，温柔的紫罗兰
在她的眼里绽放；
朱砂花，有限而稀有，
美丽花园的秘密；
红花和你，突然漾起的粉红，
其谦卑被点缀着……

啊，库农斯基

（巴黎的大象）

啊，库农斯基，不只是黎明前
非常有趣。
他正在观察水流去。
那是在奥地利单翼飞机起飞前。

但我仍看到出了状况：
——我们离基西拉岛有一段距离——
一个奇特的物体。诡异：
那是一头大象。

我们把它领走了，
我们家离这儿不远。
为了找钱，
它的长鼻子在我衣袋里摸索。

唉，维勒塞塞尔街的街景，

门框太低。

我们不费劲，怎么都可以进去。

它不行——天堂里的富人也不行。

噢，诗人，到处寻觅的意义何在？

噢，诗人，到处寻觅谵妄的语言，
意义在何处？
你的竖琴艺术，
只能把你自己感染。

比你唱得更高，陷在吗啡中，
有黑色六翼天使引吭高歌。
最终先生，我的奶妈总说，
是最终女士的老公。

像众神一样

像众神一样

就像众神需要喝足吃饱，

追求者也是如此。

忒勒玛科斯[1]对此很生气：

他考虑他的开销。

---

1 忒勒玛科斯（Télémaque）是希腊神话中的人物，他是《荷马史诗》中《奥德赛》的主人公奥德修斯（Odysseus）和珀涅罗珀（Pénélope）的儿子。奥德修斯在《奥德赛》中经历了漫长而艰难的旅程回到故乡，而他的儿子忒勒玛科斯则在家中等待他的归来。忒勒玛科斯一直期待着他父亲的归来，并且在奥德修斯归来后，也在一些史诗中成了继承父亲王位的角色。关于忒勒玛科斯的故事主要出现在《奥德赛》的后半部分。

海神尼普顿[1]在吉布提吃晚饭

（靠近盐海）。

忠贞的妻子珀涅罗珀[2]离开。

大家都走光。

一个没人听的诗人，

---

1 尼普顿（Neptune）是罗马神话中的海神，相当于希腊神话中的波塞冬（Poseidon）。尼普顿是罗马神话中水域之神，统治海洋，是驾驭海浪和海洋的主宰。他通常被描绘为手持三叉戟（类似波塞冬的三叉戟）的神祇。

2 珀涅罗珀（Pénélope）是希腊神话中的人物，最著名的描写出现在荷马的史诗《奥德赛》中。珀涅罗珀是奥德修斯的妻子，也是伊塞恩（Icarius）的女儿。在《奥德赛》中，奥德修斯在特洛伊战争结束后花了十年的时间才回到家中。在他离去期间，珀涅罗珀一直在等待他的归来。她面临了来自许多追求者的压力，这些人相信奥德修斯已经死亡，而她应该重新嫁给其中一个。然而，珀涅罗珀对她的丈夫保持了忠诚，通过巧妙的手段拖延了婚姻的决定。

歌颂海伦[1]和鸡蛋。

家里的狗正在变老变瘫：

这些人——令他厌恶。

1 海伦（Hélène）是古希腊神话中的一位著名女性，她是斯巴达国王廷达柔斯（Tyndareus）的女儿。她因其美貌而著称，并因为她的婚姻引发了特洛伊战争。根据传说，海伦是宙斯和勒达的女儿，是世界上最美的女人，其美貌超过了爱神阿佛洛狄忒（Aphrodite）。她的美貌吸引了许多英雄和王子，最终，斯巴达国王廷达柔斯为了避免争端，采取了一种特殊的方式——他让所有追求者宣誓，无论最终谁成为海伦的丈夫，其他人都会联合保卫他的家庭。墨涅拉俄斯（Menelaus）成了海伦的丈夫。然而，海伦在特洛伊战争爆发时被带到了特洛伊，这导致了希腊与特洛伊之间的冲突。她最终在特洛伊战争的结局中回到了斯巴达。海伦的故事成了古代文学和艺术中的经典题材，描绘了爱情、美貌、战争和命运等主题。

这位书记员

这位书记员，夏天时，散发出，
除琥珀香以外的一切气味，
他的名字真不敢恭维，
充满恶臭，像一只夜壶。

另一位，只待在灯下，穿黑衣，
在他的课上
把漂亮男孩们毁伤，
是个肮脏的垃圾。

那一位，曾经是他
漂亮同僚的主席，
看起来工作很努力，
他的绶带勋章洋洋洒洒。

但另一位（噢，家里的父辈，

不知名的诗霸），

只留给我一张全裸的床榻：

他的女儿一直在上面睡。

打钟人悬吊

打钟人用绳子悬吊攀升
失足撞上墙垛
再荡回：仿佛一枚熟透的果
让枝丫费劲平衡。

一个女孩路过。她笑
粉嫩的脸儿漾起酒窝：
莫非这严冬里的僻壤出错，
让花季突然来到？

看着她美颜，我如失魂落魄，
她腰肢一扭拐了弯。
三声钟响过，她小裙一闪，
两事都落幕，远处空旷寂寞

过日子，随遇而安

过日子，随遇而安
用你耳环的黄金，
红宝石项链的红殷，
放入我的银盘

这银盘，全被玫瑰加冕，
——在光影相接的地方
向远处映射出太阳
一种交替变幻的紫妍；

莉莉丝，在夏的一天，
我看到你晒黑的脸颊，
被欲望扰乱，并玩耍，

你顺从的傲慢。

（《巴比伦塔木德》[1]）

1 原文“talmud babylon”，指的是犹太教的一部圣典《巴比伦塔木德》，是《塔木德》的一部分。它包含犹太法律、道德和宗教教导的注释和讨论。

当我们成为……

蝉。

当我们在那些小路上走
尘土泛着玫瑰色，
阿丽娜，毫无缘由地笑着
触摸我的手；

树林笑出回声。大地
在脚跟下发出空洞的欢呼。
阿丽娜沉默了：山谷
充满了神秘……

但是你，没有腺体也没睡梦，
栖在高处的蝉，
你发出，醉在露水间，
你那悲伤而血色的叫声。

在黏土地里

在绿茵山坡，土地黏黏
在你饱满的天庭，
冰凉的汗珠晶莹，
其他部位，都被遮掩：

“孩子，”诸神的笑声似很遥远，
“到了你该饮爱之甘露的年纪，
如果保罗（图莱）先生在林里，
建议你去泉眼。”

“也建议你飞转着打碎
你的水壶。
哈，怕你妈妈会怎么说。逃出
她的保护。啜饮吻之酒杯。”

……眼下时辰呈桃红色。

萨莱河畔沉睡

一只鸟，羽毛金黄又绿如翡翠，

如离弦之箭掠过。

在波城[1]

木马。

在波城，圣马丁市场，
在高高的植物那里。
有着飞扬的鬃毛，马驹
在马粪中生长。

在那里，还有事另一桩。
马是木头做的，吱嘎像双簧管得了伤风，
如同破管风琴声，
佐骑在一匹樱桃粉栗色的马背上。

夜幕降临。她说："谢谢你，

---

1 作者图莱的出生地。

给予我美好的一天！

但我头晕目眩……”

——啊，佐：我的腿也在战栗。

来自一段激情的友谊

天真的女孩。

来自一段激情的友谊
您还在对我说话，
蔚蓝，空灵如画，
比利牛斯山雄奇，

那里，她如此温柔地将我欺骗，
这个热情的天真女孩，
即使一丝不挂，谎也张口就来，
一点儿也不红脸。

而你，雄伟的城池，
染上岁月的尘灰：
三月的雪；春天的玫瑰。
八月，阴郁的风信子。

那是在一个傍晚

那是在一个秋天的晚间，
秋天的最后一朵花
有人替我们摘啦，
为了向巴约纳的主教先生敬献，

朱朗松的路上。
与圣女傅天娜[1]一起，我在创作中；
成为主教的激动，
沙哑了她的歌唱。

然而钟声和祷告者的虔诚

1 原文“Faustine”，很可能指圣女傅天娜（Saint Faustina）。她是波兰籍天主教修女，她在20世纪早期声称耶稣基督曾向她显现，并要求她成为他慈悲的使者，并且记载在日记里，奉耶稣之命向世人宣扬救主慈悲敬礼（神圣慈悲敬礼），于2000年被圣座宣圣。

在我们周围飘扬。

所有的人都跪在地上：

我们也参与其中。

哦，维纳斯，你那金色的战车，

穿过云层飞跑，

向我们宣告：

欢迎来到莱克雷主教先生的楼阁。

九三年的朱朗松葡萄酒一瓶

九三年的朱朗松葡萄酒一瓶，
颜色如玉米，
我的女友，以及乡间的空气：
多么欣悦啊，我的心情。

啊，朱朗松的葡萄藤，
它们是否会枯萎，
就像我的美好时光一去不回，
如同我的斟酒人？

身处鲜花盛开的藤蔓，
难道您永远都不回来了吗？
当波城牧场的云霞
从远处看白茫茫一片？

就像那位拉康的国王

就像那位拉康的国王
在他生命的尽头，
在一处荫凉的泉边，默默泪流，
我想起了浮士德[1]的形象；

那位清幽的仙女降临
轻轻地拨撩
——我的心——当你弯下你的腰，
在泉边啜饮。

---

1 有关浮士德（法语：Fauste）的民间传说是自欧洲文艺复兴时期以来，欧洲文学最为广泛的题材之一。此故事梗概在各个文学作品中有所不同，但主要表述为“炼金师浮士德召唤魔鬼梅菲斯特，为追求永恒知识、个人的野心，向他出卖了灵魂”。《浮士德》（*Faust*）也是德国文学家约翰·沃尔夫冈·冯·歌德的一部著名戏剧，分为两部，第一部于1808年首次出版，而第二部则是在1832年歌德去世后发表的。

贯穿这次外省的盛典

贯穿这次外省的盛典，
人们上演马斯奈的《曼侬》[1]，
我却只看你的笑貌音容，
身姿曼妙，颈长腰纤；

在那令人动容的二重唱中，
你的眼波向我荡漾，
抖落天鹅绒般的白霜
在你洁白的华服之胸；

嗣后，你的兄弟驾迎

---

1 《曼侬》是法国作曲家马斯奈（1842—1912）的歌剧作品，喜歌剧（opéra comique）形式，剧中有大量对白，它描写了一位容貌美丽但脾气不好的姑娘曼侬择偶的曲折经历。全剧共分三幕，情节紧凑，跌宕起伏，充满了浪漫主义的悲剧色彩。

于二十八号出租马车，

你似乎拥有，在墨之夜色，

白雪般的倩影。

在泥泞的人行道上

在泥泞的人行道上
响起了谁的脚步声穿透了薄雾？
感冒咳嗽着，两位店主
走在回家的路上。

——是那个拉尼亚贝尔被戴了绿帽。
——是的，福斯蒂娜。——噢，主，
在这上，大黄瓜可真如狼似虎！
——是的，当心路灯挡道。

——有趣了，瞧这坏天气……
而且还得挨耳光。
——是的，福斯蒂娜。现在你把口哨吹响：
《爱情与春天》的旋律。

甜蜜待尝的眼泪：争吵——
而你，你在迂回，
我倾听，噢，风，对着塔楼劲吹，
划伤你黑色的羽毛。

亲吻我，小姑娘

——亲吻我，小姑娘。
——那里，很好。有什么新鲜事吗？
你是否又找回了你家
里人缺乏的智商？

告诉我，神父真的
和邮局不和？
还有那个……拉科斯特，
波亚雷的那个朋友怎么样了？

在昏暗中，我一直在猜算，
你在拉紧你的长筒袜。
你小鸟一般的心低声吱喳：
房间非常黑暗……

千日红

千日红和海里的石竹
在沙里生根发芽，
那短命的长春花，
或者是茴香的涩苦，

在山羊的牙齿下发出咔嚓声，
您是否还记得以前，
那海风，吹来微妙的海盐，
灼烧我们的吻唇？

巴约讷[1]！

——“巴约讷！在拱廊下的一步前进，
还需要什么
来放置他的遗作
或者他破碎的心？

它们在哪里，充满警觉戒备，
您的眼睛在黑暗里，
还有您那令人无法忍受的姐姐，
唉；然后是您的眼泪？”

---

1 巴约讷（法语：Bayonne）是法国新阿基坦大区大西洋比利牛斯省的一座城市，也是法国巴斯克地区的首府。它被誉为“法国艺术与历史之城”，拥有丰富的历史和文化遗产。曾经是一座重要的边防城市，保留着大型的城塞遗址。

就这样，冲着他的福玻斯[1]太阳神，

沉醉于一块西班牙产的巧克力，

在吉约家，毡帽在田里，

有波达吉布斯先生。

1 原文为“phébus”，“Phoebus”或“Phœbus”（源自古希腊语 Φοῖβος / *Phoíbos*）是罗马神话中阿波罗的拉丁名字。这个词被用作阿波罗的绰号，意思是“闪耀者”，他是太阳神的化身。

在新阿尔卡萨尔[1]

在新阿尔卡萨尔，唐·海梅[2]
弹奏一曲马格里布的[3]曲调，
卡门在她的私密小屋把舞跳：
这却不是我喜欢的味。

但在特里亚纳[4]，葡萄酿成甜酒品，
黎明在它的杯

---

1 阿尔卡萨尔（Alcazar）全称"阿尔卡萨尔–德圣胡安"，是西班牙中部城镇。

2 原文"don Jayme"，这里指一个西班牙名字。"don"在西班牙语中通常用作男性尊称，相当于英语中的"sir"或法语里的"monsieur"。

3 原文"maugrabin"，意思是"马格里布的、马格里布人的"。马格里布（Maghreb）：西北非摩洛哥、阿尔及利亚、突尼斯三国的总称，又可写为"maghrébin"。

4 特里亚纳（Triana），西班牙城市塞维利亚的一个地区，它是一个具有浓厚文化氛围的地方，以其传统的弗拉明戈舞和音乐而闻名。

又一次流下如此冰凉的泪，

冷到冻结了我的心。

相左

看来，你是断不会走
这条通往云端的路；
那我只能微笑着站在远处
遥看您亮丽的海市蜃楼？

傍晚的金黄相映水塘的幽蓝，
一个异域的热带稀树草原，
这里的鸡蛋花经常泪雨涟涟，
太阳不会耀瞎你的双眼；

萤光点点也不恐怖，
在这浓浓夜半；
无聊中忽有叫声刺穿，
那是嘶嘶叫的老虎。

从契丹回来的你们

从契丹回来的你们
乘坐邮船，
当你们在他们的仙境中游玩，
陶醉在鸦片或茶里浮沉。

在一座砂金石宫里，
光阴荏苒，
布德鲁布杜尔，你们可曾见？
她是中国的王姬。

穿着黑裤子的她，
比蚌壳里的珍珠更白皙？
在月光下，让·奇卡伊，
他来看您了吗？

像水仙一样哭泣，

在瓦克-瓦克群岛，

他发誓定要

把不忠的妻子缝进袋里。

但就像风推动海浪

涌向岸边，

一只野生的孔雀在旭日前

飞翔并斑斓闪光。

柔软海岸的画面

柔软的海岸，其画面
像一只臂弯，
云雾缭绕的小山
似乳房半遮半掩，

小鸟在海榄树枝头歌唱——
明天，假如我死，
您也将不复如斯，
如果我的手没定格你的形象。

温柔海岸是娩出我灵魂的产床

还有你，繁花似锦的稀树草原
大海是我泪的源泉
还有火红的太阳；

斑鸠啁啁，恋人甜蜜，
你的枝叶，以浓荫
和低语魅惑我心，
还有鸽子的咕咕私语；

在那儿我还听到一种天籁，
一种温情而骄傲的告白——
远处，笑盈盈的大海
对着珊瑚大声求爱。

我们靠岸了，夫人

我们靠岸了，夫人，
在留尼汪岛前，
在夜晚感觉如此美好的时间
它搅扰着你不安期盼的魂。

（哦山冈，哦摇曳的船
踩着粼粼的波光，
……远方的召唤，海鸟的低唱，
奇异地投掷到我们脚边。）

……作为回应，我见你走下
漾着泡沫的岸涛，
投入天选黑人的家园的怀抱：
维吉尔，或亚历山大。

西贡：红宝石般的天

西贡：红宝石般的天
纷乱的人的波涛，
市井声让人染上发烧，
血色的紫癜。

独秀，让眼睛刷新自我，
悬在陋屋房顶上的
紫水晶，尽染红色，
来自叶子花，也叫九重葛：

宛如今天披上纱幕，
花萼双层而鲜丽，
我的目光饮尽了你
好似紫罗兰的秀目。

即使我徒劳地发现……

即使我徒劳地发现
疯子卡迪奥已经死亡，
他的精品店里的佛像
和冰糖的日本人偶仍讨人喜欢；

我更喜欢你飘逸的两角帽间
微妙空灵的绘图：
阴郁的冬日云翳，
高贵的富士山；

还有你的黑雪松
和孤寂寺庙里的泉，
它哭得像干涸的心田，
哭却没有泪水淙淙。

我看见了魔煞

那天晚上我看见了魔煞；
并且，只看它的外表，
实在说不好，
是该说：她，还是：他。

它的喉咙——在皱纹下看起来，
似乎因欲望而颤抖：
一只美丽的鸟儿还没入它手，
就吓得主动昏倒在它怀。

鸟儿突然死翘翘。
口渴时，在蔚蓝的卜利达[1]，
有甜苹果可吃下；

1 卜利达，位于阿尔及利亚北部，是卜利达省的首府。

或当雨势不大，苔藓下有红鹅膏。

——撒旦叫道：“哈！”

——寂静因魔鬼的声音而哆嗦——

“瞧，科学的果

没有全落下。”

从露台上面

从高高的露台上面
咱们下去，如果你敢的话，
直下到门槛，会遇到尴尬：
梯子架在玫瑰丛上边。

一只翠鸟咻地飞过
衬出一道闪电；
喷泉像冰凉的哭喊，
交响寂静的暮色。

三钟经陨殁在绯红西天，
就像香气消弭。
莉莉丝扭过脸去，
拉开了锁链。

曾经……

曾经，甘松香的烟气氤氲，
划过一声尖叫，可耻的游戏，
那些致命的眼睛，好似
残酷的弗拉戈纳尔[1] 画笔下的女人。

有时，为了重燃狂欢放纵，
新鲜血液闪亮登场。

1 让–奥诺雷·弗拉戈纳尔（Jean–Honoré Fragonard，1732—1806），是法国洛可可时代的杰出代表画家，也是该时期的最后一位重要代表。他以其梦幻神秘的画风和极富华丽色彩的表现而闻名。弗拉戈纳尔的绘画作品展现了洛可可风格的特征，其轻松、优雅和感性的风格使他在当时艺术界备受瞩目。他对色彩、情感和女性形象的处理在当时艺术潮流中产生了深远的影响，成为洛可可时代的亮点之一。

酒神巴克科斯[1]，粉嫩如小牛犊一样，
沉醉在他的怀旧中。

这匪窝的氛围让他悲戚。
他想让大家离开。
浪声终止。那群无赖
一边跳舞，一边啜泣。

1 原文“Bacchus”，巴克科斯（拉丁语：Bacchus；希腊语：Βάκχος Bacchos）是罗马神话中的酒神和植物神，这位神经常手里拿着一个神杖，周围环绕着葡萄和常春藤，顶部有一个松果。神杖可以使葡萄或常春藤生长。他可以化身为公牛、公山羊和蛇。除此以外，豹、驴、奠酒器、鸡藿、常春藤、葡萄藤和葡萄串都是与他相关的动物和物体。

说到底

——“说到底，既然这是他的家，
仁慈的主啊，您在哪里？
——‘嘘，’她对我说，‘他已出去，
也不知是何时离开的家。’”

撒旦在天下最见多识广，
我说：“连魔鬼撒旦，
也不知在这种极端的混乱
上帝究竟去了什么鬼地方[1]。”

---

1 原文“où diable il est allé”，法语意思是“他究竟去了哪儿”。“diable”一有魔鬼之意，对应前文的“撒旦”；二有“见鬼！”之意，语气词，表示惊讶、赞叹或愤怒。这里“diable”有一语双关的作用。

万物，以及这些苹果

万物，以及这些苹果，

鲜红与金黄的色彩，

成熟在曾经的所多玛[1]所在；

如同那些由坦塔洛斯[2]

1 原文“Sodome”，是《圣经》中的一座城市，出现在旧约《创世记》中，位于约旦平原，被认为是一座罪恶深重的城市。

2 原文“Tantalus”，坦塔洛斯是希腊神话中的一个人物，他是神祇之一，也是泰坦神族的后裔，因得罪神祇而受到惩罚。根据传说，坦塔洛斯曾被邀请与众神一起进餐，他烹杀了自己的儿子珀罗普斯，邀请众神赴宴，以考验他们是否真的通晓一切。宙斯震怒，将他打入冥界，被困在一个水池和低垂的果树之间。当他试图弯腰喝水时，水面会降低；当他试图摘取树上的果实时，树枝会远离他。因此，他被永远困于渴望中，但却永远无法满足。这个故事的元素经常被引用，形成了“坦塔洛斯的折磨”这一表达，用来描述一种追求但无法达到的苦涩感。

在黑暗的泥沼
吐出又吞掉
的果子；

如此柔软啊，
我的心，
轻易被掌握在你手，
打开它吧，它只不过残留
一点点灰烬。

在伦敦我认识了贝拉

在伦敦我认识了贝拉，
不那么遥远的公主
她当船长的丈夫
总是不在她那。

也许他喜欢异域的花；
可贝拉，如法国人所说：
够了，这种分居的生活——
只要嘴皮的人真不像话。

而你的唇真值一块宝。
可是啥，你要一直叛逆？
贝拉，你看起来如此美丽：
澡洗得乱糟糟。

在窄巷的拐角

在窄巷的拐角
阴影和庭院出现，
月神狄安娜[1]裹着石膏走线，
只有右腿脚。

在那里，用潘[2]神的长笛，
一个奥萨洛人向我们射出
尖锐的旋律，似要刺穿耳鼓，
像长矛一样尖利。

---

1 狄安娜（Diane）在拉丁文中为 Diana，最初是一位拉丁女神，她统治着生育、儿童的诞生、狩猎和王权。在罗马神话中，狄安娜是一个重要的女神，对她的崇拜涵盖了广泛的领域，包括自然、生育、狩猎等。她通常被描绘为一位拿弓箭的女猎手，也是月亮女神。

2 潘（Pan），希腊神话中的畜牧神。

噢，福斯蒂娜，我看见你
纯净的眉弓拉开，
就像另一个狄安娜走来，
只是箭矢没那么锋利。

在二一十一日大街上

在二一十一日大街上
橱窗灯光妩媚
一棵柠檬，比大自然还美
甚至美过天堂；

在柠檬树成熟的那片土地
我度过了我的儿时春光
在你的蔽日浓荫下乘过凉
哦基西拉岛[1]，那些不稳定的日子。

在二一十一日大街上

---

1 基西拉岛（Cythère），是希腊的一个岛屿，位于爱奥尼亚海与爱琴海的交汇处，是一个美丽而宁静的地方。这个岛屿在希腊神话中也有一些传说与狄安娜和爱神阿佛洛狄忒等神祇有关。

一位女士坐在轿车里经过

她的眼睛里充满冒险的魅惑

目光沿着长满青苔的墙。

那是一条崎岖的小路

那是一条崎岖的小路
你踏着舞步离开
普罗旺斯的三座城堡
阳光在你眼中显出倒影。

路边有一个招牌，
——天蓝色和蛋黄色的，——
写着：沙托纳夫（Châteauneuf）葡萄酒，
凉亭、小吃店。

当我们跟随了三遍
它们紫色的影子，
凉亭下的黑色帕斯托酒，
而你，你不在乎：你只顾喝酒……

那是普罗旺斯的三座城堡，
粉状的橄榄树，
和那灼烧着双眼的密史脱拉风
在无垠的蔚蓝之中。

在潮湿的窗帘下

在潮湿的窗帘下
忧虑的晨间，
你和谐地舞蹈翩翩，
除却衣衫的枝丫，

夏日的姣好杨树
仍展现她的优雅：
可是为什么我的面颊，
年龄正废掉它的自负？

为一个想象中的女郎

为一个想象中的女郎，
她眉清目秀正当年，
我为她写诗作赋一天天，
昼思夜想病恹恹。

可当有一天突然成真了梦想，
我与她合韵在一处，
我却感到了芒刺在骨，
一根绳索套在了脖上。

二月的清晨

二月的清晨，苍白的美人
斑鸠的色彩
平息我们的纷争，快来，
我厌倦了要口舌；

厌倦了为她血流成河
不止一个墨色的花瓶……
二月的晨，那么清
斑鸠的颜色。

请你还给我海岸巴斯克

请你还给我，海岸巴斯克，
连同以前的光照。
你在咸腥的空气中舞蹈，
面具下，只有两只眼睛清澈。

巧手剖析

（墓志铭）

巧手剖析我的肌理纹路
连蛇都屏息停止波动
都有了，哦，维纳斯挂钟，
你的仪式结束；

当心脏接受割礼，
剪刀致命，
我死去，像飞鸟一样贱轻，
没有留下尸体。

你对诸位神秘的神祇

你对诸位神秘的神祇
始终了无感应，
于是我看到你亡灵的脚步轻盈，
下到了土地；

如在梦中你见到自己
连你自己都不认识，
你不再是个活脱脱的人体
而只是一个无声的影子；

那黑色的源头将你接纳，
你清晰得如一头野兽，
感到的幸福无缘由——
一朵秃了叶的蔷薇花……

（墓志铭）

比丝滑游走的蛇
更顺滑地解开褶皱的结，
扭腰摆臀的维纳斯拥有一切，
你的功业已得；
当那时辰来临，心力交瘁，
加上岁月的刻刀，
我便死去，如飞鸟
飞去，把躯体留给墓地。

在铁青的洋面上

在铁青的洋面上
一支庞大的唱诗班哭号
而狂乱的长啸
像吼自冥王。

然后是死，继而死寂
漫过来，像一面黑墙。
……偶尔可见，在远方，
有一团孤火摇曳天际。

哦，那一天死去

哦，那一天在梦见她中死去
一个无厘头的梦，
在黑草地的褶皱中
有一枝阿福花红映绿；

不是吗，那快乐之火
既顺服又叛逆，
她依旧，但百倍地更亮丽
难道又燃起火焰等待我？

……那边响起了最后的吆喝
一个牧牛人在天地间走，
但闻他牛车的车轴
嘎吱作响在远去的车辙。

安息吧，朋友

（悼念 J.G.M，1903 年）

安息吧，朋友；明日，你的灵魂
将飞得更高。
请安息，但像一只鹰鹞，
或被掩埋的火盆。

当短暂的生命
走进红色的夕阳，
请在苦涩的叶下安躺。
我的青春与你同寝。

当年龄将把我碾成粉末

当年龄将把我碾成粉末，
您自己也会被冻僵，
您还不了解我的思想，
就加冕给我一座圣所；

您就像被亵渎的山羊蹿又跳，
如此，便把草地满目的丰美
弄得干涸与枯萎，
而这还只是在清早；

您会问："那个人，
曾一直爱我的那个，他在哪？"
可是，您会抱吻烟云吗？
当耀眼的他被岁月碾作尘？

生命更虚幻

生命比墙上的影子更虚幻。
然而，你走过时
留下的那段晦涩的象形文字
让我沉湎，

你的也一样，
如武器的明亮光辉；
甚至那些欺骗人的眼泪，
也映照着阳光。

死亡也不再是虚幻的阴影。
夜里，当你感到恐惧，
不要听你心跳的节律：
那是一种奇怪的痛醒。

第二辑

《杂诗集》

莫怕

莫怕斗转星移，世事沧桑，
千花谢在手里，帝国更替。
万物不变。同样的百合任你呼吸，
与克娄巴特拉无异——吻也一样。

我多么爱你

我多么爱你

天气温暖　风光旖旎

妹妹　即将成熟

像火红的果实压弯绿色的枝头。

紫色的圆拱

紫色的圆拱像华美的华盖
遮掩裸露的草坪
我仍可见你娉婷
鲜如活水，火红的饰带

黑眼睛的冉娜
这次你变成了什么花?

如果失望

如果失望对你来说已经足够，
那就抓紧满足你对爱的渴求，
但如果没爱也没喝酒，
那就没有活头。

她是黑人

她是黑人，这不假。
红珊瑚也不是玫瑰花。
别笑话她的肤色黑，
金子也不是小麦穗。
但煤炭和她一个样，
都是黝黑锃亮：
把她们点燃，
便像玫瑰花丛怒绽。

我们笑

我们笑，我们接吻，午餐我们吃熟果……

夕阳西下：我们也不再青涩。

在黄绿相间的黄昏下

在黄绿相间的黄昏下，我们不会回返
那条向下倾斜延伸的空旷小路。
树丛点缀着欧石楠，
发黏的土壤也没塑造你的脚步。

爱嫉妒的西风

爱嫉妒的西风吹过林中草地，
是否有看不见的宁芙飘然而逝？
那么卡蜜尔就曾跑去，玛丽也曾飘去：
在草地和我灵魂里，噢，隐去的蜿蜒美体。

生命值

无论你怎么说我老，
哈，我为什么没有遭到
你所说的衰退？
而你，在你的白发下，
你凝重的心，迟缓地上下，
就像一根倾斜的芦苇，
上面只有一小撮雪堆。

写给米开朗琪罗的一尊雕像

做奴隶，但不做人的奴隶；在一个早晨

不情愿地成为你生命的奴隶，超越了命运。

就此我触碰到了……

就此我触碰到了我年龄的界限，
我的欲望之河干涸在赤裸的晴阳下，
岁月荏苒，带我下到未知的渊底，
像在黑色的大河里沉浮，麻木迟钝。

狂欢节那天

狂欢节那天，你和我都不快乐[1]。

玻璃窗上，阳光从天而降，

仿佛在我们灵魂上降下燃烧的灰烬。

“悲哀啊！”你有时会惊呼着葡萄牙语。

1 图莱很多诗都有这个特点：表面放荡不羁，实则反映内心深刻的悲哀。

你的花[1]

你的花悬吊在卢瓦河岸和谐的花园，
我喜欢。但我厌恶幽黑墨绿的森林，
那里出没丑陋缺爱的半人牧神，
可怕地藏匿在神界荣光的阴影下。

1　此诗让人想到法国作曲家德彪西，他是诗人的好友，把图莱的不少诗谱成歌曲。法国出版有《图莱、德彪西通信集》。

芭杜尔

芭杜尔，我的倦怠在大雨中摇摆
为了感动你，一个信差远去。
聆听两颗心的轻跳枯竭，
爱在沉默中醉生梦死。

被罩

被罩看起来像被滚床弄皱的裹尸布。

谁刚才轻声细语？我是孤身一人吗？

阿尔及尔

阿尔及尔，爱之城，许多夜晚度过，
让我见识你散落花色的粉红脚踵，
一个手指修长的处女滋润我以乳胸：
被奴役者的高傲，冷漠的狂热。

这些圆圆的玉石

这些圆圆的玉石，还有琼浆，
在我毛发上——那晚你解开了爱。
这些送给你做纪念。当天有雾霾，
你要用衣袖把它们擦亮。

摩里斯

摩里斯，被神手放在海上的花园，

那里大海歌唱，鸟儿休眠。

蔚蓝的时辰

蔚蓝的时辰，有你，将目光占据：
海是融化的翡翠，亚丁湾，你的
夜晚，像宝石绿。

你告诉我

你告诉我："如果你愿意，我要亲吻你
在公园。"于是我跟随白色的巴斯克裙，
你活泼的脚步。轻柔的风中传来管风琴，
美好的周日。彩蝶飞舞，绕着你的发髻。

您爱过去吗?

您爱过去吗?
梦见故事
记忆唤起往事
面对灰飞烟灭的轮廓?

老旧的房间角落
似闻寡妇的脚步
感觉低声的脚步
鸢尾花和琥珀;

苍老的肖像画,
使用过的遗物
被死者亲吻过的遗物,
亲爱的,我愿它们
珍藏在您的心底,

偶尔跟您聊家常

来自一颗尘封的心脏

充满神秘的往事点滴。

在爱的月

在爱的月，在五月，
佐去寻找树枝下的
心仪的姑娘。

她的裙子，盖住屁股，
让我想到了帆船的
白色翅膀：

海浪拍打安的列斯群岛[1]的山脚，
一双砥柱[2]
竖起了不可侵犯的边界。

1　安的列斯群岛为美洲加勒比海的群岛。

2　原文“pilier”，柱子，也有“粗壮的腿”之意。

几乎还是个孩子

几乎还是个孩子，但已经高挑美丽，
一天我见她流泪，因为持重的高傲，
她要绽放自己，像裸露快乐的珍宝；
钢铁的后代，天生性格叛逆。

我回忆起一个夏日炎炎

我回忆起一个夏日炎炎，

时光沉默，柏树困倦……

可你突然开口：

我做梦了，闭着双眼，

梦见在花园那边

有个喷泉有点沙哑，

听起来仿佛呜咽。

生命落户您腹

女士，谁说生命落户您腹
如胸有成竹？
爱情如此悲伤，结果如此痛苦，
而且唐突。

凉爽的树荫

凉爽的树荫，酷热的蓝天，
石榴成熟的地方，茉莉花也不远，
这对西瓜有很好的手感；
巴杜蕾，这只是一座我们性爱的花园。

时光一去不复返

颤抖是白色的。
时间不可逆转地逝去了。
可当你回来时，钟表凝固，
你穿越我的梦，
你的藕臂比晨间的水塘凉爽，
朝阳下，你的双眼清亮。
梳理往事，我的回忆抱住了你。
你来了，又跑下花香的阳台，
玫瑰丛里，你纤弱的小脚
尴尬地跌跌撞撞。
一个秋日的午后，如真似幻，
这微颤的白色不确定着云的形状。
唉！我还会见到你的面色下沉吗？
半是阴影，半是阳光？

任何快乐都有缺陷

任何快乐都有缺陷，
过了就会分崩离析，
如果你想要我爱你，
就别笑得动地惊天。

这就如同魅惑者都压低嗓，
在冬天壁炉的余烬前，
这颗心就像被压抑的火焰，
它慢慢烧，轻轻唱。

哦，纯净夜，哦，狄安娜

哦，纯净夜，哦，月神狄安娜，一只夜莺歌唱，
哦，你俗美人，赤裸而白皙，醉卧西班牙床上。

陌生人，我芳香花一朵

陌生人，我芳香花一朵，
采摘我吧，无须可怜：
紫罗兰本就命薄，
她是死神的笑靥。

我们吱吱走过金子沙滩

我们吱吱走过金子沙滩，无所谓；
荣耀也是：等冬天的葬礼盖棺定论。
唯希望爱情可以留存
并仍对我微笑，像风雨后的红玫瑰。

初寒

初寒，我们砍烧树枝取暖，
金色的梧桐树久久哭喊，
斗室的黑漆木床溯源亨利四世时代，
你的胴体不时映现在赤裸的阴影里，
时时壁炉火染红你的胸海，
当你用一个膝盖尖戳我的身体，
爱的女骑士，如此伤感却也要赖；
我们坠落的那个深渊，你可有记忆？

这么多的研究，医生

这么多的研究，医生，难道只是最终发现
生命繁衍，并死于朽烂？
啊！请停止在实验室里糟践自然：
我们的灵魂还渴望鲜花与梦幻。

什么，你真的爱过我？

什么，你真的爱过我？
你爱的是我的哪一面？
爱，如天上的圣火；
爱，如悲伤的尘烟……

唉，曾是那么温情

唉，曾是那么温情；
这是很久远的事情，
你的亚麻布蓝裙，
还有粉红色的透明。

你有颗柔弱的心

你有颗柔弱的心，

被结实的胸衣牢牢禁锢，

从不越雷池一步……

唉，你真不很聪明。

荣耀归于胜利之人

荣耀归于胜利之人。
但在战死者那边，
月桂花环，
愿你的战栗护佑茔坟。

爱之夜

爱之夜仿佛在两个周日间遁逃，
像一只双翅雪白的大黑鸟。

大海耀眼

大海耀眼，如吉卜赛女人，

蓝绿的百褶裙裾下，锚链明晃；

你对我说："我厌倦了海洋。

过来吧，悬铃树影下的时光柔润。"

中国的神圣香水

（百合花）

中国的神圣香水弥漫天花板下。

突然，潮润的冬雨飘洒，

你出现了，福斯蒂娜！现在不是十二月吗？

你却脱去了凌乱的亚麻：秃叶的百合花。

这里安息着亨利·德·布吕夏尔

这里安息着亨利·德·布吕夏尔。

如果灰烬都能安眠，

那它一定来自一团极美的火。

他在慷慨激昂的时候遭背叛，

法兰西，他倒下了，

在他还能捍卫你的那天；

如同一个悬而终落的铁锚，

那是一种愤怒的休息。

今天是星期天

今天是星期天。空气是蜂蜜的颜色。

一个孩子的笑声刺穿干燥的院落：

仿佛投向天空一枝剑兰。

远处管风琴沉默。岁月静好，不起波澜。

如果活着是一种责任

如果活着是一种责任，那当我可能搞砸它时，
至少让后人对我的裹尸布感到神秘。
应该知道如何去死，福斯蒂娜，然后沉默不语：
像吉尔贝尔那样，死时吞下自己的钥匙。

在夜的海上

在夜的海上，心旷神怡，目不转睛，
狄安娜出来洗尽战争的铅华。
而你，比月神更肌润肤滑，请低声说话：
只有应和夜莺的歌唱，才算夜之妙音。

在漆黑的夜空下，我聆听

在漆黑的夜空下，我聆听

成熟的果实扑簌簌落地。

芙丝婷，

给你唱晨曲的时光不再是春季。

太阳升起

太阳升起，碧空无云。
倒映水中的霞光柔美。
秧鸡受惊，跑进芦苇，
把拖绳当成一条蛇颈。

唯一的爱之母

唯一的爱之母，哦，维纳斯乌拉尼亚[1]，
我用十一只枝形吊灯的冰洁手臂为你加冕，
圣杯，以及爱奥尼亚[2]轻抚歌唱的里拉[3]
是我的梦一直追寻的纯金之爱的盛典。

---

1 乌拉尼亚（Uranie），希腊神话九位缪斯之一，掌管天文学；"理想国"之意。

2 爱奥尼亚，古地名，爱琴海东岸的希腊爱奥尼亚人定居地。

3 里拉（lyre），即里拉琴，西方古典文明最常见的拨弦乐器。

那蓝色的日子去不返

那蓝色的日子去不返

白鸽也不再流连

那一天爆燃

当你爱我在墓园。

从黑色运河岸边

从黑色运河岸边，你褪去亚麻衣衫，
黑猩猩窥伺你，忽闪忽闪的目光，
芙洛丽丝。海在远处撞礁掀起白浪，
查马雷尔[1]的七色土上，偶见路过一只猿。

1　查马雷尔，毛里求斯的主要景观，其中有一大片砂石地褶皱无数，貌样怪异，七彩斑斓，寸草不生。

我记得

我记得：街巷里闪动你的裙衣，
月光照亮了河水弯曲，
——月似银剑，夜色青碧——
高塔下，阴声和着北风凄厉。

在你碧蓝的眼皮下，阿尔比

在你碧蓝的眼皮下，阿尔比，
你的目光金灿灿；
收获之月夜阑珊，
闪电勾勒出你的胴体。

教人生梦的棕发女郎

教人生梦的棕发女郎
那么苍白，映着清辉的月光
时光暗淡，钟声悠慢
睡眠的鸽子哼着哀怨。

太阳抹去月亮
金发女郎讪笑棕发女郎。
我已经爱你十一天：
爱情，莫不是过眼云烟？

给一个理想中的女郎

作诗给一个理想中的女郎
她长着岁月颜色的眼睛，
我押韵押了很久很久，殚精竭虑：
只为押上她的乳房。

当终有一天，突然降临，
我们在一起为情诗押韵，
我却没感到巫山雨云，
只觉得绳子套上脖颈。

走吧，离开我们的爱之地

走吧，静静离开我们的爱之地：
快乐之火正熄，
不要弄乱痕迹——
让灰烬的红晕慢慢褪去。

在一个怎样的新印度

在一个怎样的新印度，或就在明天，
沉睡着你的奇思妙想和被偷去的魂灵，
她知道如何治愈你的创伤，恶劣的心情，
以及你的怀旧，那里的梵天？

大雨过后

大雨过后，公园还在流水，

芭杜尔，你过来；但松开我，

让我倾听榆树叶滴水的性感效果：

这是快乐被剥夺偷流的泪。

花环不复存在

花环不复存在，连同黄色的月季，
香气也消逝在你底部的镜柜。
可为什么我无法轻易忘记
刺穿我记忆的酸楚的香水？

烤肉串的旋转铁叉

烤肉串的旋转铁叉统治了厨房。
墙那边，我的小女邻居爬上
那棵坚硬的黑木兰树，歌唱。
树影轮转。难道要我健忘？

不要在爱之外把爱寻觅

不要在爱之外把爱寻觅。

无限只能由无限界定，

哲学家还不如妮妮拎得清：

面对桃金娘的战栗，她回应“我爱你”。

云南

海绵般柔韧，竹林斑驳，忧伤的池海，
翡翠的金三角在我们眼前伸展。
有人穿着艳丽的假货云南裙衫：
你的注视充满着梦幻与光彩。

晚年

晚年，爱还有点余波，尬笑的嬉戏……

蔚蓝的窗格上爬满了霜花。

一个老去的丑角在哭泣。他活够了吗？

来吧，我们去睡觉。床槛越来越低……

晨雾的女儿

晨雾的女儿，黎明降到她们身上，

看到赤裸的腿弯和压过来的手，脸红了。

哦，女人们

哦，女人们，告诉我，在逝去的夜晚，

透过你们的泪眼，死者讲述着什么？

蔚蓝的白天

蔚蓝的白天，不在了
雪白的鸽子，没有了
只剩下血与火的日子
你在墓园中爱着我。

我记得……

我记得，巷子里走来你白色的连衣裙，
照亮了河湾处的夜间：
好一把弯刀，夜寒光闪闪，
塔楼下，北风怪叫出不祥的声音。

在这个吞噬中国的……

在这个吞噬着中国的恋人乱葬岗里，
你的心在他们腐烂的骨头上呐喊，
你难道还没厌倦脓疮和鸦片？
连黄鬃野狗的高脊椎都在战栗。

看不见的目光

我们知道无形的目光将觊觎我们，
烟雾中隐藏着一个存在的抽象，
烟枪已经变黑，谜团正在酝酿，
是谁让惊恐的汗珠冒出我的脑门？

鸦片雾气弥漫

慵懒麻木之中弥漫鸦片雾气，

金色的长袍空悬在寂静的庭院里。

当骨头像摇曳生姿的芦苇

当骨头像摇曳生姿的芦苇，

岁月就像是草原边缘的警笛，

紫色的罂粟花，你的身影绮丽，

请保护我们抵挡日光与外来的摧毁。

睡吧，朋友

睡吧，朋友；你的灵魂
明天会飞得更高。
但像鹰隼一样睡觉，
或如风火轮。

一轮夕阳红极
美景转瞬即逝，
睡在苦海乱世。
我的青春有你。

娜娜，你可否还有记忆

娜娜，你可否还有记忆
先贤祠的卡鲁塞尔广场
叫声阵阵的游乐场
回旋没有终极；

那天，微风把你的线条勾勒
自你的裙下，黑紫色；
从圣殿到高长椅，
抑扬格般的欢呼有节奏，
凸凹起伏的滑梯，
——还有个窥视你大腿的老头？

痛苦

我钦佩她一个眼神有这等力量
让一个男人从中得到他的绝望或他的快乐
他情人视他的目光犹如女王；
只要她态度倨傲冷漠
我们便自残心脏，把它逼上围场
就像在林中被围捕喋血的鹿羊。

我欣赏花饰的偶得和姿态的一瞬
它们造就了文字和色彩的伟大爱人
为了记忆他们珍视的痛苦的至真至纯，
他们尝试让偶得的形态和瞬间永存。

女性的体态之美，我们将用鲜花披覆，
大脑为之绞尽，雄浑的心为之狂跳！
慷慨的珠宝匠，我们在她面前倾倒
血的玛瑙和泪的珍珠。

难道你喜欢没有神秘感的金色白天?

难道你喜欢没有神秘感的金色白天?
强烈的日光晒干枝丫,
枯燥的天空下一切都一成不变,
四周都是穿着彩釉裙衣的静静乡下。

过来吧,阴暗的回廊里飘来香气,
将让我心中痛楚的思乡之声沉默,

来吧,你的芳唇是我解渴的小溪,
你的乳房于我就是一双孪生的水果。

你更喜欢夜吗?细长的木麻黄下,
阴影已让斑鸠的歌唱暗哑,
斑驳的晨光将把露水洒在我们身上。

我爱听你唱一首古老的船歌，

让时光之水懒洋洋流过树影婆娑，

流向下一片丁香树的花香。

无动于衷的天空，总是一个样，一天又一天

无动于衷的天空，总是一个样，一天又一天，
海风如飞鸟，吹来吹去；
鲜花过盛的无用，掠过的翅膀无一有趣，
只给睁不开眼的空气带来耀目的睡眠。

但应了解你异域荒僻的辉煌，
哦单调的海天，哦殷红的拱顶，
永恒的太阳倾倒郁闷的热情，
想知道这片土地被遮掩的全部宝藏。

那边，山包呈现乳房的线条，
趁黄昏用透明的夜色裹住胴体，
黑色和白色的天鹅在池塘里洗澡。

苍碧的天空倒映池面，水汽飘逸迷离，

九月给颀长的杨树减翠；

明夜枕着干草的潮味入睡。

既然岁月只留给你

既然岁月只留给你
一点余烬在胸膛，
那趁着你的心还没凉
人们还没铺开你的裹尸布，
回到流年逝水的时光，
在移动的沙丘旁
采摘蔫萎的百合，
并刻词语在咸腥的沙上：
人的梦几乎一个样——
都对海洋生幻想。

胜者还是败者

胜者还是败者
那些勇敢的士兵
使您坚持到战败
美德让他们微笑。
你，因为缴械投降，
我发现你泪流满面，
并在人群中大骂我。
而我要说，如果你不得不
对一时的辉煌抱憾终生，
那最好就在你的欲望上躺平。

唉！请您心软一软

唉！请您心软一软，
给一点小钱，
给这可怜的孩子一点，
当她把玫瑰伸到您的面前。

假如我不卖花，为了活下去，
也许明天
我就会死去，小身子覆满霜雪，
死于饥和寒。

唉！最终在一个早晨，
她死在大街边
卧在一扇门旁的雪中，
花仍在手里攥。

影子，还有神秘

影子，还有神秘、
魔幻的喷泉，
乌鸫的黑色闪电，
旅馆的墙壁很低。

我什么也没忘掉，
更不会，当你拱背弓腰：
饱满的天庭太高傲，
似左右各长出一只角。

不能解渴，海水徒然潋滟

不能解渴，海水徒然潋滟，
凶恶的摩洛神吮吸森林的泪。
热岛在他脚下抽着火山口的烟，
鸟儿沉寂于浓荫之翠。

但远离灰色的天空与沉闷的大地
墙垣仍守护着隐秘的孤城
睡眠中的男人总是用手指的神奇
碰醒无数个神秘与幽静的女人绮梦。

夜幕未垂，香料植物葱茏。
她巧克力色的身子脱出凉爽垫中，
映着爆燃的晚霞，影子像一朵颀长的花。

佳丽雅直起身子，让她的手环响叮咚。

落日余晖残霞

点燃两簇火花，在她迷蒙的瞳孔中。

作于 1888 年，毛里求斯岛

垂暮的小姐

这位垂暮的小姐，临终
她又战栗了一下：带走了她，风。

我们沉醉了一整天

我们沉醉了一天，一天，整整，
暗处有一把鲁特琴吟唱，说爱我。
唉，巴杜尔，你会变无穷。而我
厌倦了爱吗？我是尘，难道你是风？

最后的爱（一）

我厌倦了苍白的躺卧
把吻印在空洞的颅额
往我死后的年表再添几个名字
把它填满美丽和罪恶。

在秋的时间的表盘面前
我破碎的心敲响宵禁的钟点
我将从虚华的农神节取回生命
回归宁静与恬淡。

最后的爱（二）

厌倦了躺在平庸的床上，
把吻印在一个荒芜的前额，
再填几个姓名在我平淡的年表上，
使之写满美与邪恶。

在秋天走完它的时辰之前，
我凋零的心响起宵禁的号角，
我要夺回生命，从虚荣的酒宴，
回归宁静与淳朴，向初始报到。

在老家的一个翠绿的镇里，
那个肯定爱我的姑娘长大了，金发苗丽，
漾着花的灿烂，迈着小鸟的步伐。

我看见她采摘葡萄在一个金色的黄昏，

用大剪刀把剔透的浆果串从藤蔓剪下，

清脆的咔嚓声吓坏了蜜蜂。

作于 1889 年，阿尔及尔

致一个缺席者

如果孩子们知道他们不喜欢人生，
就让他们做不安的旅人怀疑船舟，
如果他们仍必须为了追求而启程，
就让他们勇敢面对大海的惊涛和千变的气候。

我不知道有什么希望让他们喜欢和迷住，
也不知有何撒谎的天使绕着他们的摇篮，
从他们眼中藏匿那本不可抗拒的书，
那本岁月苦涩之书，被以三重封印闭关。

您，青春得庇佑于一个温暖的国度，
你还不知何为疑虑与悲苦，
满足于在宽容的蓝天下长大。

总有一天，您会了解凛冽寒风中的欧洲，

那个让人听得见岁月流逝的老欧罗巴，

那个灰蒙蒙度日的古老、悲伤、悒郁的欧洲。

作于 1889 年

给一位看门的老妪

被风月场的灯红酒绿搞垮的松垂身体
如梭岁月刻下的累累伤害
你的乳房看似两个空酒袋，
你的头发染过，两腿形销骨立。

但可耻的是没人透过你的皱纹
看到你被命运锻造的钢铁骨骼；
可惜没有品尝过于你隐秘的快乐，
触碰过你年轻充满活力热望的双唇。

你曾是妖女魅力的奢华象征，
珠光宝气爆自你的全身，
由你心灵手巧的婢女饰画三遍。

过气的名妓老态龙钟，

但我仍对你沧桑的爱抚赞颂；

你的美体曾让我们的长辈心生爱恋。

作于 1889 年

致一条蛇

你，爬行并悬垂的佳丽，
冰凉并斑斓在我的床笫，
为什么对我诉说你的过去？
你以为你是草间滑行的唯一？

平静地放过往事吧。何妨，
如果在其他啮咬下我更多的血流淌？
请低声，更低声地诉说既往，
你怎知那些旧蛇死没死亡？

也许冬天只让她们麻木隐晦，
你的声音会激活她们的蛇蝎之魅！
请轻发呲声，饮我回忆之水，
不要惊醒你沉睡中的姊妹。

作于 1890 年

幽静的树林远离明丽的海岸

幽静的树林远离明丽的海岸，
喧嚣和色彩在这里隐去，似乎，
只有花魂萦绕着我们飘浮，
这是爱的气味和盛筵的香残。

无论吵架的情侣诅咒几何，
天天的时光是那么温柔、徐缓，
这就是懒散的土地承诺的资源：
睡莲使岁月和痛苦沉入睡河。

傍晚把我们逐出好客之岛，
沿着绯红的水道，我似又见到
绛色的夕霞在我们眼前壮大。

只是，我亲爱的人一脸蔑相，

眼中无景，膝上有花，

心不在焉的手掠过紫浪。

1890 年 9 月作于佩雷奥拉德，居雷岛

岁月像一头贪食的野兽

岁月像挡不住的贪食野兽，
人刚一出生就遭它暗算：
地平线已是殷红的暮晚，
可你还当它是惊喜的晨间。

那年的静园深秋，您可否还有记忆？
神奇的机缘使我们相遇那边，
金黄的落叶铺满小径蜿蜒，
空气厚重温润，天空单调无异。

突然，被什么丧葬般的魑魅袭扰，
我们的心昏厥于天上的泪涛，
被你欲望的呐喊吗，哦大自然的悲鸣？

痛苦，徒劳地回忆往昔瞬间的痛苦

未来不会期许我一个黎明

荒林里也空响你走来的足音。

作于 1890 年

戴着面具，说着谎言

戴着面具，说着谎言，我厌倦了这种日子，
厌倦了用嘴唇磨光寸草不生的大理石，
厌倦了在编年史上镌刻更多的名字，
来延长恶习的数字，和我为此付出的价值。

还不是太迟，钟声唤醒了我醉梦的逍遥，
对我烦躁的心敲响宵禁的命令。
我愿意一头扎进一条河道，
回归规律与简朴的生命。

我看见在故省我老家的园圃，
那个一定爱我的姑娘长大，可人楚楚；
那儿的花有更多褶皱，鸟有更多树荫。

我见她踩着藤架采摘葡萄，

琥珀色的浆果映着傍晚的黄金，

大剪刀声脆如铃，吓得蜂群大叫。

交响乐音流动

曲目偏向过去
平庸的观众群中
唯见你亭亭鹤立。

围着你说笑
众多倜傥才俊
晃脑摆臂，雪白的手套；
女士们调整观剧镜。

“天气不错，”男爵夫人声称，
“这个月居然不是很热。”
神父先生惊得目瞪：
分明冷风穿过。

爸爸爱聊音乐，
他怀念奥柏的时代，

他用夸张的戏谑
抨击圣桑和瓦格纳。

而你，圣洁，默默不语，
下颏搁在一根指上，
睫毛微闭，似有思绪？
多希望它们朝我飞扬。

作于 1891 年 8 月 14 日

图莱年表

1867 年

6 月 5 日：保罗–让·图莱在波城出生。家人先是定居在毛里求斯，但父母为了孩子在自己国家出生，就又回了法国。他有一个姐姐，简，比他大两岁。

6 月 19 日：母亲去世。图莱和姐姐被其他家人收留了。

1879 年　12 岁

初中二年级时以寄宿生的身份进入波城中学（他以前曾在这里以及多明我会的修女那里接受过教育）。

1881 年　14 岁

12 月 8 日：将我们已知的、关于他的第一首诗寄给刚被召唤到毛里求斯的姐姐简（《未发表诗句》的第一首诗似乎比这首写得更晚，日期为“1880 年左右”，作者是诗人的表兄妹）。少年当时明确指出这些只能被称作几行诗句，还不能被称为真正的诗歌……

1882 年　15 岁

因违纪被波城中学开除，并在巴约讷中学继续学业。

1883 年　16 岁

完成中学文科会考的第一部分。

1885 年　18 岁

5 月 7 日：首次在杂志上发表作品——在期刊《夏朗德灯塔》上发表《圣城沙龙》。
12 月 9 日：抵达父亲居住的毛里求斯。

1886 年　19 岁

在那里，开始了自己的享乐生活，家庭财富暂时允许他享受这种生活。爱上赌博、毒品等等。

1888 年　21 岁

《电光》无疑是他在岛上唯一的出版物，发表在《毛里求斯日报》上。署名“热芒”，这是他的第一个笔名。
10 月 23 日：离开毛里求斯前往阿尔及尔，在那里他得以继续求学（父亲打算让他进入外交行业），同时维持着自己脆弱的健康。

1889 年　22 岁

丰富的文学活动：用笔名在杂志《阿尔及利亚瞭望塔》（*Vigie algérienne*）上发表大量文章、在《阿尔及利亚评论》上发表十四行诗等。图莱和两位同学还合作演出了两部短剧。
11 月 19 日：回到了贝阿恩省。

1890年　23岁

定居在西南部，并在那里生活了9年。据传说，他的医生说他还有10年的寿命，因此他决定在这期间花光自己的财产：他大致就是这么做的。

1891年　24岁

3月底：西班牙短暂之旅。

1892年　25岁

7月：在巴黎旅行两周，遇到了莫拉斯（Maurras）和图卢兹–劳特累克（Toulouse–Lautrec）。

1894年　27岁

贝阿恩省时期唯一已知的出版物：杂志《艺术与生活》中的短篇小说《一位农奴》（*Un serf*）。

1898 年　31 岁

2 月 1 日：在期刊《白色评论》上发表《幕间曲》，这是一系列节律诗。

1898 年是他抵达巴黎的一年。很快他就结识了美食评论家库尔农斯基（Curnonsky），后者在接下来的 10 年里成为他的知己。

发表一部小说《公共人物杜波尔先生》，以一本“手记”结束，其中包含他的一系列“思考”。

1899 年　32 岁

开始与周刊《巴黎生活》合作。起初是未来小说的片段。

11 月：去伦敦。在那里，他结识了威尔士作家亚瑟·梅钦（Arthur Machen），并翻译了他的经典恐怖小说《大神潘恩》（*Le Grand Dieu Pan*）。该译本于 1901 年出版。

12 月：《风流女人手册》（*Le Bréviaire des courtisanes*），与库尔农斯基合作，用佩迪卡斯（Perdiccas）笔名出版。

1900 年　33 岁

再用佩迪卡斯笔名出版《情人的职业》。

1901 年　34 岁

与布尔托夫人（Bulteau）交往。

1902 年　35 岁

以本名发表小说《堂·吉诃德的婚礼》（*Le Mariage de Don Quichotte*）。
计划为莎士比亚的《皆大欢喜》中的德彪西创作一本小册子。

1903 年　36 岁

8 月：经过印度、印度支那、中国等地的旅行后，我们的旅行者回来了。

1904 年　37 岁

他以本名在《法国美居》杂志上发表了两部小说:《温馨的家庭》(*Les Tendres Ménages*)和次年的《我的朋友娜恩》(*Mon Amie Nane*)。这两部小说曾连续出现在署名“Maxy”的杂志《巴黎生活》中。

小说《半个寡妇》(*Demi-Veuve*)以库尔农斯基的名义出版(尽管图莱也是作者)。

1905 年　38 岁

在杂志《巴黎生活》中连载第三部小说《拉摩尔田小姐们》(*Les Demoiselles La Mortagne*)。这部小说直到图莱去世后才以单行本形式出版。

在同一本杂志中，以皮埃尔·贝尼涅(Pierre Bénigne)(杜波尔先生的名字)为笔名的《疯狂的思想》(*Pensées sauvages*)开始发表，其中大部分是为遗作《三个冒名顶替者》(*Les Trois Impostures*)和《杜波尔先生手册》(*Le Carnet de Monsieur du Paur*)而写的。他还插入了《艺术和文学笔记》和寓言等。

在这个时期：与库尔农斯基合作写《X 岛的小说》(*Le*

roman de l'île X），这是为儿童杂志《谁笑谁读》（*Qui rit lit*）而委托的，但合作尝试以失败告终……

1907年　40岁

4月6日：最后一次为《巴黎生活》撰稿。图莱将在其他杂志上继续他的写作，其中包括《巴黎评论家》。
5月9日：《巴黎评论家》发表了他的故事《男爵之手》，其中包含关于其中一个人物的一首诗，其中首次出现了“反韵”形式。

1908年　41岁

图莱开始为威利（Willy）工作，成为他的文学代笔。他将参与写作《小公爵之旅》《吸食鸦片的蕾丽》《无情的西斯卡》《西斯卡的朋友》和《梅奇斯的婚姻》。

1910年　43岁

6月25日：首次在《大评论》上发表“小挽歌”系列，包括12首反韵形式的诗歌。

11月：在《躺椅》（*Divan*）杂志上发表了另一组主要是反韵形式的诗歌，该杂志由亨利·马丁诺（Henri Martineau）主编，他将成为图莱作品的主要传播者和主要的遗作整理编辑。

1911年　44岁

4月：在《黄蜂》杂志上发表《花环》，这次出现了“coples”形式，即一组交替出现的四行诗和二行诗。

1912年　45岁

7月：图莱离开巴黎（没有真正的解释，但他的健康状况和财务状况使他不得不做出这个决定），他首先搬到他姐姐简的拉菲特城堡（La Rafette）。

1913年　46岁

1月：在《普罗旺斯边境》上发表文章中首次使用“contre-rime”（反韵）一词。

1914年　47岁

7—8月:《躺椅》杂志的7月—8月号成了图莱作品专刊。

1915年　48岁

希望参军，但他的健康状况不允许。

1916年　49岁

与玛丽·维农（Marie Vernon）结婚，她是他的前情人之一。他们定居在法国巴斯克地区的盖塔里（Guétary）。

1918年　51岁

在《躺椅》上发表了《像一场幻想》（*Comme une fantaisie*），杂志重新编辑整理了在20世纪初已经发表过的一些故事，还包括将在随后的几年中由其他出版商出版的小说《绿色少女》（*La Jeune Fille verte*）和

《贝汉齐格》(*Béhanzigue*)。

1920 年　53 岁

9 月 6 日：图莱因脑出血离世。他生前曾亲自校对的诗歌集《反韵集》在次年出版。在亨利·马丁诺的支持下，其他遗作也陆续问世。

译后记

本书是法国作家、象征超现实主义抒情诗人保罗-让·图莱的诗歌集的国内首译，包括他的最重要的《反韵集》全集，以及他的其他经典诗作的精选（《异域十四行诗集》《未发表诗句》等），基本涵盖了图莱的全部诗歌创作，由冷杉先生和吴菲女士共同翻译。前言已对作者及其作品做了详细介绍。

图莱诗歌的一语双关和暗示很多。他的诗转瞬即逝的画面感很强，思维的跳跃度很大，时空转换剧烈，充满暗喻和梦幻，色彩及音乐性强，类似法国印象主义画家群体的绘画以及法国印象主义音乐的风格（他们中的图卢兹-劳特累克等人以及法国印象主义音乐大师德彪西等，都是图莱的朋友）。绝大多数的图莱诗其实是有明确含义的，只不过他的手法比较隐晦委婉，富于象征甚至魔幻，并且深植于他的生平。

因此翻译图莱的诗歌绝非易事，为了尽量避免错译，我们查阅了许多材料，还必须结合图莱的人生经历和富家公子的身份来思考他诗歌的含义。

在翻译过程中，我们始终遵循“信达雅”的原则。除专注于直译法语原文、确保诗歌的基本准确性外，还很好地完成了双关语、神话和历史传说等的注释，以及相关资料的查找和介绍工作。两位译者在直译的基础上多次进行润色，注意保持图莱原诗的韵脚，尽量保持作品的原汁原味。

《反韵集》的诗歌大多采用“抱韵”形式，即“ABBA”的韵脚。冷杉先生忠实地呈现了这一特点，吴菲女士在反复阅读法语原文的过程中确保了翻译的准确性。冷杉先生优美雅致的翻译风格和押韵能力在此次翻译图莱诗中派上了用场。

北京大学的史学硕士、翻译家和资深编辑杨立新女士作为诗集的第一读者，对诗集的修改提出了很好的建议，在此深表感谢。

我们希望读者在阅读本书时能够深刻感受到图莱

独特的诗歌魅力，理解我们的用心翻译。同时，我们欢迎读者的批评和建议，以便更好地改进和提升译作。感谢您的支持，期待与您分享更多法国诗歌的精彩。